Le tigre et le chat

Traduit du japonais par Nadia Porcar

ISBN 978-2-211-20777-5
Première édition dans la collection *lutin poche* : décembre 2011
© 2010, l'école des loisirs, Paris, pour l'édition en langue française
© 2009, Eitaro Oshima, pour le texte et les illustrations
Titre de l'édition originale : « Mukashi Mukashi Tora To Neko Wa – Chugoko No Mukashibanashi Yori »
Fukuinkan Shoten Publishers, Inc., Tokyo, 2009
Loi numéro 49 956 du 16 juillet 1949 sur les publications
destinées à la jeunesse : février 2010
Dépôt légal : octobre 2013
Imprimé en France par Pollina à Luçon - L66372

Eitaro Oshima

Le tigre et le chat

lutin poche de l'école des loisirs
11, rue de Sèvres, Paris 6ᵉ

Il était une fois un tigre et un chat qui vivaient
dans la montagne. À cette époque, le tigre n'était pas
comme aujourd'hui, il était vraiment bêta
et ne savait pas chasser. Du coup, les autres animaux,
loin de le craindre, se moquaient souvent de lui,
lui répétant : « Mais quel âne vous faites, M'sieur Tigre ! »

Le chat, lui, était tout le contraire du tigre.
Il était très rapide et habile à la chasse.
Bien plus petit que le tigre, il allait dans la montagne
tous les jours et capturait beaucoup de proies.
Chaque fois que le tigre apercevait sa silhouette, il pensait :
«Aaaah, comme j'aimerais moi aussi être un bon chasseur…»

C'est ainsi qu'un jour le tigre alla trouver le chat chez lui et lui demanda :
« Dis-moi, Monsieur Chat, j'aimerais bien devenir un chasseur tel que toi
et je voudrais bien que tu m'apprennes le moyen de capturer des proies. »
Le chat n'avait pas très envie d'être son professeur mais le tigre
insista tant et tant qu'il finit par lui répondre :
« Bon, Messire Tigre, puisque vous avez si fort le désir d'apprendre à chasser,
venez demain matin au pied de ce chêne, si possible sans le dire aux autres.
Alors, je vous apprendrai. »

Le lendemain matin, le tigre
attendit le chat sous le chêne,
comme il avait été dit.
Le chat ne tarda pas à arriver :
« Holà, Messire Tigre !
Vous avez réussi à vous lever tôt.
À présent, je vais sur-le-champ
vous apprendre les ficelles du métier.
Mais avant tout, Messire Tigre,
faites-moi une promesse.
Voyez-vous, ce que je vais vous
enseigner est un savoir secret
qui nous a été transmis de père
en fils à nous, les chats. C'est
pourquoi vous ne devrez jamais
en parler aux autres animaux. »
« Oh oui, tu peux compter
sur moi », répondit le tigre.

La première chose que le chat décida d'enseigner au tigre fut :
Comment s'approcher de sa proie sans faire de bruit.
« Êtes-vous prêt, Messire Tigre ? Lorsque vous découvrez une proie,
vous devez apprendre à l'approcher sans vous faire remarquer et en silence.
Oh, regardez là-bas, Messire Tigre ! Avez-vous vu le canard sauvage ?
Allez-y ! Approchez-vous de lui doucement et sans vous faire voir… »
Hélas, comme il s'approchait, ce gros empoté de tigre fit si bien craquer
les herbes sous ses pattes que le canard, alerté, s'enfuit à tire-d'aile.
« Ah là là, Messire Tigre, ah là là ! Vous n'y êtes pas du tout ! »

Alors, le chat enseigna au tigre sa méthode pour s'approcher de sa proie discrètement. « Êtes-vous prêt, Messire Tigre ? Il n'y a qu'une façon de faire quand vous guettez votre proie, c'est de vous aplatir dans l'herbe et de marcher sans faire de bruit. Allez-y, faites comme moi. »

Alors, le tigre fit comme le chat et s'entraîna avec ardeur. Et à force de s'entraîner tous les jours, sans relâche, il réussit à se faire aussi discret que le chat.

La deuxième chose que le chat décida d'enseigner au tigre fut : **Comment courir vite.**
« Êtes-vous prêt, Messire Tigre ? Pour attraper une proie, il faut courir vite.
On dira ce qu'on voudra, mais, pour poursuivre une biche ou un lapin,
le plus important reste de courir vite.

Bon, Messire Tigre, imaginez une proie en vue et allez-y, courez aussi vite que vous le pouvez ! »

Mais en voyant le tigre courir, le chat s'écria : « Oh là là, oh là là ! Trop lent, vous êtes trop lent ! Ce n'est pas à cette vitesse que vous attraperez une proie ! »

Alors, le chat enseigna au tigre sa méthode pour courir vite.
« Êtes-vous prêt, Messire Tigre ? D'abord, vous devez frapper le sol de toutes vos forces. Ensuite, vous devez assouplir votre corps et vous en servir comme d'un ressort. Allez-y, faites comme je vous ai dit. »

Alors, le tigre fit comme le chat lui avait dit et s'entraîna avec ardeur. Et à force de s'entraîner tous les jours, sans relâche, il finit par courir aussi vite que le chat.

Ensuite, c'est une leçon très spéciale que le chat décida d'enseigner au tigre, à savoir :
Comment sauter d'un endroit élevé.
« Êtes-vous prêt, Messire Tigre ? Vous aurez parfois besoin de sauter d'un endroit élevé pour attraper votre proie. Pour ce faire, nous autres chats connaissons le moyen de sauter d'un endroit, aussi haut soit-il, sans nous blesser.
Mais ce truc-là n'est vraiment pas comme les autres. C'est très difficile.
Voulez-vous malgré tout essayer, Messire Tigre ? »

«Oh oui, alors. J'ai très envie que tu m'apprennes.»
«Bien», répondit alors le chat, «allez-y. Sautez après moi.»

Le tigre sauta donc, sans hésitation. Hélas, il retomba sur son derrière et eut bien mal au dos. «Aïe aïe aïe!»

«Ah là là! Ça ne va pas du tout, Messire Tigre!» dit le chat. «Si vous tombez sur le derrière, vous allez vous casser les reins, c'est évident.»

Alors, le chat enseigna au tigre sa méthode pour sauter d'un endroit élevé.
« Êtes-vous prêt, Messire Tigre ? Quand vous sautez d'un endroit élevé,
vous devez d'abord garder votre sang-froid et vous servir dans les airs de votre queue
comme d'un balancier. Ensuite, vous atterrissez sur la pointe des pattes,
sans vous blesser, en toute sécurité. Allez-y maintenant, faites comme je vous dis ! »

Cette fois, c'était si difficile que le tigre manqua son coup à plusieurs reprises et
connut bien des déboires.
Mais il n'abandonna pas
et continua à s'entraîner
avec ardeur.
Et, au bout du compte,
il finit par sauter avec autant
d'habileté que le chat.

Ainsi, grâce aux divers enseignements du chat, le tigre était devenu aussi rapide et habile à la chasse que lui.
« Eh bien, Messire Tigre, maintenant, vous connaissez tous mes trucs.
Bravo, vous avez tenu bon jusqu'au bout, je vous félicite. »
À ces mots le tigre répondit : « Ah, Monsieur Chat, comme je te suis reconnaissant.
Et pourtant, Monsieur Chat, il reste une dernière chose que je voudrais connaître. »
« Ah oui ? Et laquelle ? »
Le tigre eut alors un drôle de sourire :
« Vois-tu, jusqu'à maintenant, je n'ai jamais croqué de chat
et, vu les circonstances présentes, je me dis que j'aimerais bien…

J'aimerais follement savoir…

... quel goût ça a, le chat ! »

Sans autre avertissement, il se précipita
sur le chat pour le dévorer.

Quelle surprise pour le chat,
qui s'enfuit à toute vitesse !

Le chat court !
Le tigre lui court après !

Le chat a beau être rapide, le tigre l'est aussi. Et pourquoi ? Mais parce qu'il a appris avec le chat ! Le tigre est sur le point de l'attraper quand, au dernier moment, le chat saute d'un bond sur le seul arbre qui se trouvait à proximité !

« Misère ! » se dit le tigre.
Du haut de son arbre, le chat regarde le tigre dépité et lui dit :
« Allons, voyons, Messire Tigre, quel distrait je fais, j'avais complètement oublié de vous apprendre un dernier truc : **Comment grimper en haut d'un grand arbre.** »

Voilà pourquoi, encore aujourd'hui, les tigres ne savent toujours pas grimper en haut des grands arbres. Et voilà pourquoi les relations entre les tigres et les chats sont si déplorables. Les tigres continuent de rôder dans les forêts profondes, en quête de chats…

C'est la raison pour laquelle les chats
préfèrent vivre dans les maisons des hommes,
que les tigres se gardent bien d'approcher.

Les mœurs des tigres et des chats

Les tigres et les chats appartiennent à la famille des félidés. En général, les chats, les léopards, etc., savent grimper aux arbres. Il arrive même aux lions d'y grimper quelquefois. Mais les tigres sont seuls à faire exception et ne grimpent presque jamais aux arbres. Ce conte populaire vient de Chine, où vivent plusieurs espèces de tigres et où l'on connaît bien les mœurs des tigres et des chats.

Note de traduction :
Le lecteur aura sans doute remarqué que le tigre tutoie le chat tandis que ce dernier dit « vous » à son élève. C'est que en japonais, si le langage du chat est toujours respectueux, le tigre s'exprime à la façon d'un roi un peu mal élevé, à qui tout est permis.